LA FÉE CARABINE

Daniel Pennac

Fiche de lecture

Rédigée par Thylla Nève, maitre en langues et littératures françaises et romanes
(Université libre de Bruxelles)

lePetitLittéraire.fr

Retrouvez tout notre catalogue sur www.lePetitLitteraire.fr
Avec lePetitLittéraire.fr, simplifiez-vous la lecture !

© Primento Éditions, 2011. Tous droits réservés.
4, rue Henri Lemaitre | 5000 Namur
www.primento.com
ISBN 978-2-8062-1273-3
Dépôt légal : D/2011/12.603/207

SOMMAIRE

1. RÉSUMÉ   6

2. ÉTUDE DES PERSONNAGES   10
Les « bons »
a) La famille Malaussène
b) Les amis de la famille Malaussène
c) Les policiers
Les « méchants »

3. CLÉS DE LECTURE   13
Un univers réaliste
Une critique subtile des travers de la société occidentale
Un roman policier ou un roman comique ?

4. PISTES DE RÉFLEXION   16

5. INFORMATIONS COMPLÉMENTAIRES   17

LA FÉE CARABINE
DANIEL PENNAC

Daniel Pennac, de son vrai nom Daniel Pennacchioni, est né en 1944 au Maroc. Malgré son passé de cancre (qu'il raconte dans *Chagrin d'école*, paru en 2007 et consacré par le prix Renaudot), il est devenu enseignant, essayiste, romancier et auteur de littérature jeunesse.

C'est principalement grâce à la « saga Malaussène » que Pennac est connu auprès du grand public. Il s'agit d'une série de six romans policiers qui relatent les aventures de la tribu Malaussène et principalement de Benjamin, bouc émissaire professionnel et « frère de famille ». *Au bonheur des ogres*, le premier volume, a été publié en 1985 et *Aux fruits de la passion*, le dernier, en 1999.

Du roman policier au roman comique

Publié en 1987, *La Fée carabine* est le deuxième volume de la saga Malaussène. Benjamin, le personnage principal, se retrouve impliqué dans une intrigue policière incroyable où tous les indices se retournent contre lui alors qu'il est l'innocence même.

Tandis que la famille Malaussène héberge plusieurs grands-pères pour les empêcher de replonger dans la drogue, les vieilles dames tuent les jeunes policiers pour se protéger. Flics corrompus, égorgeur de vieilles dames, vieillards déjantés dans un Belleville plus vrai que nature, Pennac réunit tous les ingrédients d'une intrigue policière captivante et y ajoute quelques éléments inédits : un langage libéré de la norme ainsi qu'une bonne dose d'humour et de dérision.

- **Né en 1944 à Casablanca**
- **Écrivain français**
- **Quelques-unes de ses œuvres :**

Cabot-caboche (1982), livre de jeunesse

Au bonheur des ogres (1985), roman de la *Saga Malaussène*

Comme un roman (1992), essai

Chagrin d'école (2007), roman autobiographique

1. RÉSUMÉ

I. La ville, une nuit

L'inspecteur **Vanini se fait abattre par une vieille dame** armée d'un P 38 sous les yeux **du Petit**, de **Julius le Chien** et de deux Arabes qui préfèrent n'avoir rien vu (« Seulement, quand les Arabes ne veulent rien voir, ils ne voient rien » 17).

Benjamin fait un tableau de la situation : lui et sa famille **recueillent des grands-pères ex-drogués** pour les empêcher de replonger et les protéger contre « **la bande de la jolie brunette piquouseuse de vieillards** » (38) qui cherche ses clients dans la tranche du troisième âge. **Julie Corrençon**, belle journaliste dont Benjamin est amoureux, **enquête sur cette bande** et n'a pas refait surface depuis trois semaines.

L'inspecteur Pastor examine le corps en piteux état d'une **jeune femme jetée du Pont Neuf** et tombée sur une péniche de charbon. De retour à son bureau, Pastor retrouve l'inspecteur **Van Thian déguisé en vieille Vietnamienne**, la veuve Hô. Sous cette couverture, celui-ci espère attirer dans un piège l'égorgeur de vieilles dames qui sévit dans Belleville.

II. Le bouc

Semelle, un des vieillards hébergés par les Malaussène, est officiellement récompensé « d'avoir chaussé cinquante années durant les panards de Belleville » (75). Après la cérémonie, il montre ce qu'il a reçu d'une jolie infirmière brune de la mairie : **un sachet de médicaments louches**. Cercaire, qui apparait d'emblée comme le stéréotype du flic bête et méchant, arrive à ce moment-là, **embarque le sachet et les Arabes** et met en garde Benjamin.

Alors qu'elle rentre chez elle après une virée avec ses amies dans l'autobus rouge du « divin Stojilkovicz », un ami de Benjamin qui les promène dans tout Paris et leur redonne une nouvelle jeunesse, la veuve Dolgorouki **se fait tuer par l'égorgeur**.

Pastor tente de découvrir **qui est la jeune femme qui a été jetée du Pont Neuf** et qui git maintenant inconsciente sur un lit d'hôpital. L'inspecteur Caregga lui révèle par hasard l'identité de l'inconnue : **Julie Corrençon, journaliste chez** Actuel.

Benjamin, quant à lui, cherche à **mettre la main sur l'infirmière** qui a donné le sachet compromettant au vieux Semelle. **Clara** la repère sur l'une des photos qu'elle a prises lors de la cérémonie.

Cercaire demande l'aide de Pastor pour **faire avouer le crime de Vanini** à Hadouch Ben Tayeb. Interrogé par Pastor, ce dernier raconte la vérité mais ce n'est pas celle que Cercaire veut entendre. Il ne les croit pas et estime avoir **trouvé le coupable**.

Benjamin se rend à **l'appartement de Julie** pour lui montrer les photos de l'infirmière et **trouve l'endroit saccagé**. Il dévale l'escalier comme un fou, bouscule Pastor et Van Thian et laisse tomber ses photos. Ceux-ci les trouvent, ce qui leur laisse supposer une implication de Benjamin dans l'affaire de drogue sur laquelle ils enquêtent. Pastor identifie l'infirmière : Edith Ponthard-Delmaire, fille de l'architecte, fichée aux stups.

Benjamin retrouve toute la tribu Malaussène à l'hôpital car le vieux Verdun **a fait un malaise** et est sur le point de mourir. Pendant ce temps, Maman a donné **naissance à une petite sœur**, que Jérémy baptise d'emblée Verdun. Le caractère du nouveau-né colle parfaitement à son prénom : elle est **explosive**. Après quelques jours, toute la tribu est à bout, jusqu'au moment où se produit un miracle : dans les bras de la veuve Hô, qui était venue demander de pouvoir participer aux virées de Stojil, **Verdun se tait et sourit**. Benjamin reçoit au même moment un coup de fil de **la reine Zabo, son employeuse aux Éditions du Talion** : les épreuves du livre de l'architecte Ponthard-Delmaire ont brulé, elle a donc besoin d'obtenir un délai. Benjamin doit **reprendre son boulot de bouc**.

Van Thian, alias la veuve Hô, se laisse berner par les apparences trompeuses : après sa visite chez les Malaussène, il est persuadé que toute la famille est droguée, que Benjamin est l'égorgeur de vieilles dames qu'il recherche depuis si longtemps et qu'il trempe dans la drogue jusqu'au cou.

III. Pastor

Interrogé par Pastor, Edith Ponthard-Delmaire avoue qu'elle vend de la drogue pour une organisation qui vise le troisième âge. Peu après, elle se suicide.

Van Thian, de son côté, découvre les **virées de Stojil**. Tous les dimanches, ce dernier emmène les vieilles dames dans les catacombes pour la « **résistance active à l'éternité** » (203) : il les **entraine au tir** pour pouvoir se défendre contre l'égorgeur. Van Thian, Pastor et Caregga se voient obligés de désarmer les vieilles dames et d'arrêter Stojil. Les pièces du puzzle commencent à s'assembler : **c'est sans doute une vieille dame qui a tué Vanini par accident**.

Pastor annonce à Cercaire qu'il a **découvert le pot aux roses** : Ponthard-Delmaire, pour rénover Paris en grand, rachète des appartements à des **vieillards esseulés**. Pour hâter leur mort, il les **pousse vers le marché de la drogue** avec la **bénédiction et la protection de Cercaire**, patron des stups qui fournit même les dealeurs, fichés, comme Edith Ponthard-Delmaire. Pastor propose un marché : il veut **3% des bénéfices** et fixe rendez-vous à Cercaire chez Ponthard-Delmaire le lendemain, pour définir les termes du contrat.

Van Thian souffre de **schizophrénie**. Dans son corps, la veuve Hô attend avec impatience l'égorgeur et jette son arme au loin, pour être sure de ne pas pouvoir se défendre et d'être ainsi délivrée de sa solitude et de sa vie médiocre. L'**égorgeur, qui n'est autre que le vieux Risson** hébergé par les Malaussène, finit par arriver et le tue. Lui-même se fait ensuite assassiner par **Mo le Mossi et Simon le Kabyle** dans la cave de l'immeuble. Pastor accourt et découvre que Van Thian n'est pas mort mais grièvement blessé.

Malaussène se rend chez Ponthard-Delmaire et surprend la conversation de ce dernier avec Pastor et Cercaire. **En fait, Pastor ne veut pas 3%, il exige des aveux**. Pour cela, il a une méthode infaillible : « J'ai un cancer, j'en ai pour trois mois au plus, je n'ai donc aucun avenir, pas plus dans la police qu'ailleurs, dès lors, le problème est simple : ou vous signez, ou je vous tue. » (274). **Cercaire refuse, Pastor le tue** et masque le meurtre en suicide, ce qui arrange tout le monde. Ponthard-Delmaire, quant à lui, signe.

Ensuite, Pastor se rend chez les Malaussène où se trouve **Julie, kidnappée de l'hôpital** par Jérémy et Louna car elle y était droguée, et lui demande où elle a caché son article et pourquoi elle s'est tellement acharnée à démasquer le complot. Par miracle, celle-ci se réveille et raconte que **son père était une victime de l'opium et de l'héroïne** et qu'elle voulait régler ses comptes avec la drogue.

La fée carabine

Lors d'un entretien dans le bureau de Coudrier, Pastor résume l'intrigue. Il annonce également sa démission car il est **tombé amoureux de Maman**, qu'il emmène à Venise.

À l'hôpital, Van Thian ne cesse de se disputer violemment avec la veuve Hô, c'est-à-dire avec lui-même, jusqu'à l'arrivée de Thérèse qui lui lit son avenir dans les lignes de sa main et finit par l'emmener dans la famille Malaussène pour **remplacer Risson comme conteur et faire taire Verdun**. **Oncle Thian** entreprend alors de leur raconter l'histoire... de la fée carabine.

2. ÉTUDE DES PERSONNAGES

Benjamin est le personnage central autour duquel gravitent tous les autres protagonistes. En général, ceux-ci peuvent facilement être rangés du côté des « bons » ou des « méchants ».

Les « bons »

a) La famille Malaussène

Benjamin est le personnage principal du roman. Il s'agit d'une sorte d'**anti héros** attachant qui se préoccupe avant tout du bien-être de sa nombreuse fratrie ainsi que des personnes qui lui sont chères, telles que les grands-pères qu'il héberge et ses amis immigrés. Son étonnante capacité à **s'attirer tous les ennuis**, il en a fait son métier : il est **bouc émissaire professionnel aux Éditions du Talion**. Sous le couvert du titre de directeur littéraire, sa fonction consiste en réalité à se débarrasser en douceur des auteurs mécontents. Il est en congé pendant presque toute la durée de l'histoire.

- **Maman** a sept enfants, tous de pères différents et absents. Étonnamment, elle a plutôt les caractéristiques d'une **vierge candide**. L'inspecteur Pastor tombe d'ailleurs amoureux d'elle car elle est « l'**apparition** » qu'il attendait.
- **Louna**, l'ainée des sœurs, joue un rôle restreint dans ce roman.
- La douce **Clara**, photographe de talent, est la **sœur préférée** de Benjamin.
- **Thérèse lit l'avenir** dans les lignes de la main « avec un arrière-ton très déplaisant de vieille instit rancie dans le célibat » (173). De cette façon, pourtant, elle redonne un avenir et de l'espoir aux grands-pères hébergés par la tribu.
- **Jérémy** est le stéréotype du petit frère agaçant mais imaginatif et attachant.
- **Le Petit** est le témoin du meurtre qui va déclencher toute l'intrigue.
- **Verdun**, qui porte son nom à merveille, nait au cours de l'épisode.
- **Julius le Chien**. Ami fidèle, il accompagne Benjamin lors de ses balades de réflexion nocturnes dans Belleville. Ses **crises d'épilepsie** sont annonciatrices de malheur.
- **Julie Corrençon**, la **petite amie** de Benjamin et stéréotype de la **belle journaliste aventurière et non conformiste**, disparait au début du roman. Elle a découvert le fonctionnement de la bande qui drogue les vieillards et a écrit un article sur le sujet, article que les

- malfaiteurs veulent récupérer à tout prix. Elle choisit ses sujets en fonction de ses idéaux, qu'elle défend envers et contre tout.

b) Les amis de la famille Malaussène

- **Les immigrés de Belleville**, dont **Hadouch** et **Amar Ben Tayeb** et leurs acolytes, **Simon le Kabyle** et **Mo le Mossi**. Ce sont toujours eux que les policiers soupçonnent en premier lieu alors que même si certaines de leurs pratiques sont parfois douteuses, ils sont **foncièrement bons** (« tayeb » signifie d'ailleurs « bon » en arabe).
- **Les grands-pères.** Vieux, seuls et déprimés, ils sont les **proies idéales des dealeurs**. La famille Malaussène les héberge pour les protéger mais aussi pour leur redonner ce qui leur manque : une famille. Chaque enfant a son grand-père attitré.
- **Les vieilles dames**, quant à elles, sont les **proies de l'égorgeur** qui les tue pour leur voler leur maigre pension. C'est l'une d'entre elles qui tue Vanini par excès de rapidité.
- **Stojilkovicz.** Ce vieil ami de Benjamin **redonne gout à la vie aux vieilles dames** de Belleville en les promenant dans son vieux bus impérial. Il les entraine également au **tir dans les catacombes** pour leur apprendre à se défendre contre l'égorgeur. Il est enchanté de son arrestation par Van Thian et Pastor car il ambitionne de traduire Virgile en serbo-croate durant ses mois d'emprisonnement.

c) Les policiers

- **L'inspecteur Pastor** est le fils adoptif de Gabrielle et du Conseiller, un vieux couple très amoureux assassiné par les hommes de Ponthard-Delmaire avant le début du roman car ils étaient sur le point de découvrir le pot aux roses. Pastor est **petit et frêle**. Il porte des **pulls trop grands tricotés par son père**, ce qui lui donne l'air d'être un enfant. Il est dévasté par la mort de ses parents et **travaille sans relâche** pour ne pas y penser. Il parvient finalement à les **venger** et quitte la police car il est tombé **amoureux de la mère de Benjamin** qu'il emmène à Venise.
- **L'inspecteur Van Thian** alias la veuve Hô est le **collègue de Pastor**, auquel il est **très attaché**. Ce policier **dépressif** se travestit pour attirer l'égorgeur dans un piège. Malheureusement, son idée ne fonctionne pas et finit par le rendre **schizophrène**. Fils d'une française et d'un Asiatique, Thian a le physique de ce dernier mais « la voix de Gabin ». Veuf de la grande Jeanine et père de Gervaise, une bonne-sœur trop occupée par son travail auprès de prostituées repenties, Thian souffre en réalité de **solitude**. Il trouve le salut grâce à la famille Malaussène qui l'accueille à la fin du roman.

- Le commissaire divisionnaire Coudrier, sous les ordres duquel travaillent Pastor et Thian, incarne la **droiture même**. Il apprend à ses hommes à **se méfier des apparences**, ce qui permet à Benjamin d'éviter bien des ennuis. Son bureau, feutré, porte les couleurs, le « N » et les abeilles de l'empire napoléonien.

Les « méchants »

- **L'architecte Ponthard-Delmaire** « est un gros mec qui, pour une fois, ne se déplace pas « avec une étonnante souplesse pour sa corpulence ». Un gros qui se déplace comme un gros ; pesamment. » (45) **Puissant et riche**, il est le prototype de l'homme satisfait, hautain et **dangereusement prêt à tout** pour augmenter sa puissance et sa richesse. Il est **à la tête de l'organisation qui drogue les vieillards** pour hâter leur mort et récupérer ainsi leur appartement à bas prix.

- **Le commissaire divisionnaire Cercaire** est le stéréotype du **flic bête et méchant**. À l'exact opposé de Coudrier, il profite des apparences pour **faire porter le chapeau de ses propres crimes à Hadouch Ben Tayeb ou à Benjamin**. Bras-droit de Ponthard-Delmaire, il est responsable de la mort de plusieurs vieillards et de l'assassinat des parents de Pastor. Ce dernier le tue à la fin du roman.

- **L'inspecteur Vanini**. Ce jeune **policier raciste**, protégé de Cercaire, se fait tuer au début du roman par une vieille dame trop rapide.

- **Le vieux Risson**, ancien libraire, est l'un des grands-pères hébergés par la famille Malaussène. Il s'agit en réalité de **l'égorgeur de vieilles dames**. L'argent qu'il leur vole lui permet de s'injecter dans les veines de quoi retrouver la mémoire pour raconter leur histoire du soir aux enfants Malaussène.

- **Edith Ponthard-Delmaire**, fille de l'architecte, est la **jolie infirmière brune** qui donne des **pilules louches** au vieux Semelle. Croyant se rebeller contre son père en devenant trafiquante de drogue, elle se suicide quand elle découvre qu'il est en réalité son employeur.

3. CLÉS DE LECTURE

Un univers réaliste

L'histoire se déroule principalement à **Belleville, un quartier populaire de Paris**. Les personnages évoluent dans un **décor plus vrai que nature** dépeint par un Pennac aux affuts des couleurs et des odeurs de la ville. Tout y est : les immigrés, les voyous, les flics corrompus, les vieux esseulés... c'est presque trop pour être vrai ! En effet, Pennac n'hésite pas à truffer son roman de **stéréotypes** qui, par définition, sont exagérés mais correspondent exactement à l'idée que s'en fait le lecteur. Ce procédé favorise la **reconnaissance des différents caractères** par celui-ci, son **identification** à certains des personnages (tel que Benjamin par exemple) et, par conséquent, son **intégration dans l'univers du récit**, avec toutes les émotions positives et négatives que cela entraine. Paradoxalement, ces nombreux stéréotypes rendent l'histoire plus réelle.

Parallèlement et sans pour autant ruiner l'effet de réel recherché, Pennac insère dans son histoire des **éléments fantaisistes** : un policier travesti en veuve pour son enquête, un chien épileptique annonciateur de catastrophes, une voyante qui voit juste, un boulot de bouc émissaire, un commissaire qui apprend le vol à la tire à ses petits-enfants pour leur inculquer la droiture, etc. Là se trouve tout le génie de Pennac : c'est trop, beaucoup trop, et pourtant, on a envie d'y croire...

Une critique subtile des travers de la société occidentale

Sous ses dehors légers et amusants, *La Fée carabine* met le doigt sur plusieurs maux contemporains, tels que :

- **La solitude**, principalement des **personnes âgées**. Les **grands-pères** sont la cible des trafiquants de drogue et les **vieilles dames** celle de l'égorgeur. Seuls et sans défense, ils représentent en effet des proies faciles pour les personnes mal intentionnées. Le vieux **Thian**, quant à lui, veuf et délaissé par sa fille, noie sa solitude et son chagrin dans les antidépresseurs (ce qui rejoint un autre grand problème abordé dans *La Fée carabine* : la drogue). La famille Malaussène et Stojilkovicz leur offrent à tous **le meilleur remède : de l'amour, un foyer, de la compagnie et, surtout, le sentiment d'être utile**. Pennac dé nonce implicitement l'omniprésence dans les esprits contemporains du souci de rentabilité et milite pour qu'une plus grande importance soit accordée aux sentiments et à l'« inutile ».

- **La drogue** et ses méfaits sont au cœur de l'intrigue principale : l'architecte Ponthard-Delmaire et le commissaire Cercaire attirent les vieilles personnes sur le marché de la drogue pour précipiter leur mort et pouvoir ainsi racheter leur appartement à bas prix et les revendre beaucoup plus chers après les avoir restaurés. Le vieux Risson, une de leurs victimes, **est tellement dépendant de l'héroïne qu'il tue les vieilles dames afin de pouvoir acheter sa dose quotidienne avec leur pension**. Dans *La Fée carabine*, Pennac se révolte non seulement contre les **méfaits physiques** infligés par la drogue mais également contre les **actes extrêmes** auxquels elle pousse ses consommateurs. Il pointe aussi la **souffrance** endurée par l'**entourage** des drogués, tels que Julie par exemple, impuissante face à la déchéance physique et mentale de son père, victime de l'opium puis de l'héroïne. Elle-même est droguée à mort par ses agresseurs, puis par un médecin à l'hôpital qui la gave de **sédatifs**. Thian, quant à lui, se drogue aux **médicaments** et aux **antidépresseurs** et développe une forte dépendance à ceux-ci. Ainsi, Pennac insiste sur le fait qu'il existe plusieurs types de drogues et qu'il faut tous les combattre.

- **Le racisme**. Belleville, théâtre de *La Fée carabine*, est un **quartier multiculturel** habité par un grand nombre d'immigrés ou de personnes issues de l'immigration. Certains des personnages, tels que l'inspecteur Vanini et le commissaire Cercaire, étouffent sous les préjugés et ont un comportement ouvertement **raciste**. Parce qu'elles sont arabes, asiatiques, noires, il est facile de faire porter à certaines personnes le chapeau de tous les méfaits commis dans le quartier. Mais Pennac les défend : elles sont souvent à la limite de la légalité, certes, mais ont le cœur sur la main et, finalement, ce sont elles les **victimes des préjugés** largement répandus dans la société occidentale.

Toutefois, malgré le réalisme parfois cru du récit et malgré les nombreuses critiques formulées par Pennac à l'encontre des travers de notre société, celui-ci reste un incurable **optimiste**. Son amour pour la vie, sa confiance et sa foi en l'Homme ainsi que sa conviction de la prépondérance du Bien transparaissent dans *La Fée carabine* et sont contagieux pour tous les lecteurs qui acceptent de se laisser pénétrer par le roman.

Un roman policier ou un roman comique ?

Il y a bel et bien une intrigue, des policiers, des suspects, un dénouement final. **Mais le ton est léger et les réflexions comiques abondent**, tout comme les situations cocasses. En réalité, Pennac **allie deux genres** généralement considérés comme opposés et, de la sorte, **les renouvelle**.

De plus, le style de Pennac est assez particulier. On note trois caractéristiques principales :

1. Une **oralité forte** : « Tu lis pas les journaux ? Tu sais pas ce qu'on leur fait, nous aut' les junkies à vous aut' les vieilles peaux ? » (30).

2. Le jonglage avec les différents **registres de langue** :

   > – Vous travaillez ? demanda doucement Pastor, j'aurais voulu prendre un peu de votre temps.
   >
   > Le grand Bertholet eut un bref sourire. Il s'exprimait joliment, Pastor : la voix douce, et tout.
   >
   > – Tout le temps que tu veux pour toi, petit.
   >
   > – Un problème personnel, dit Pastor sur le ton de l'excuse, en regardant Bertholet.
   >
   > – Casse-toi, Bertholet, mon grand, et dis bien à Pasquier de doubler les planques sur l'affaire Merlotti, je veux pas que ce rital de merde puisse couler un bronze sans que je le sache. (p. 226)

3. Une **réflexion** constante sur la **langue française**, sur la **norme** et l'**usage** (cf. exemple précédent). Bien que fin connaisseur des règles de grammaire et d'orthographe, Pennac prône **un rapport de liberté** du locuteur à la langue, ce qui est une **position assez novatrice**. Finalement, si ses personnages semblent tellement réels, c'est sans doute parce qu'ils parlent comme dans la réalité et non « comme dans les livres ».

4. PISTES DE RÉFLEXION

Quelques questions pour approfondir sa réflexion...

- Quelles caractéristiques du roman policier trouve-t-on dans *La Fée carabine* ?
- En quoi le roman peut-il être considéré comme un roman engagé ?
- Par rapport à la littérature traditionnelle, quels sont les traits novateurs de Pennac ?
- Le roman est truffé d'inversions de stéréotypes, quelles sont-elles ? Qu'apportent-elles au roman ?
- Malgré le côté « décalé » du roman, en quoi peut-on le mettre en relation avec le roman réaliste ?
- La plupart des personnages du roman sont construits sur des contradictions, démontrez-le à travers trois personnages.
- *La Fée carabine* est écrit dans un langage qui s'affranchi de la norme. De quelle manière ? Qu'est-ce que cela apporte au roman ?
- Comment le roman s'y prend-il pour mettre en place une dénonciation de la société ?
- Sur quelles bases pourrait-on rapprocher *La Fée carabine* et *La vie devant soi* de Romain Gary ?
- En quoi le titre *La Fée carabine* est-il emblématique du roman ?
- -Le métier exercé par Malaussène constitue une sévère critique de la société contemporaine. Démontrez-le.

5. INFORMATIONS COMPLÉMENTAIRES

Édition de référence

- PENNAC D., *La fée carabine*, Paris, Gallimard (Coll. « Folio » 2043), 1987.

Adaptation pour la télévision

- *La Fée carabine* (1988), d'Yves Boisset, avec Fabrice Luchini.

lePetitLittéraire.fr

LePetitLittéraire.fr, une collection en ligne d'analyses littéraires de référence :
- des fiches de lecture, des questionnaires de lecture et des commentaires composés
- sur plus de 500 œuvres classiques et contemporaines
- … le tout dans un langage clair et accessible !

Connectez-vous sur lePetitlittéraire.fr et téléchargez nos documents en quelques clics :

Adamek, *Le fusil à pétales*
Alibaba et les 40 voleurs
Amado, *Cacao*
Ancion, *Quatrième étage*
Andersen, *La petite sirène et autres contes*
Anouilh, *Antigone*
Anouilh, *Le Bal des voleurs*
Aragon, *Aurélien*
Aragon, *Le Paysan de Paris*
Aragon, *Le Roman inachevé*
Aurevilly, *Le chevalier des Touches*
Aurevilly, *Les Diaboliques*
Austen, *Orgueil et préjugés*
Austen, *Raison et sentiments*
Auster, *Brooklyn Folies*
Aymé, *Le Passe-Muraille*
Balzac, *Ferragus*
Balzac, *La Cousine Bette*
Balzac, *La Duchesse de Langeais*
Balzac, *La Femme de trente ans*
Balzac, *La Fille aux yeux d'or*
Balzac, *Le Bal des sceaux*
Balzac, *Le Chef-d'œuvre inconnu*
Balzac, *Le Colonel Chabert*
Balzac, *Le Père Goriot*
Balzac, *L'Elixir de longue vie*
Balzac, *Les Chouans*
Balzac, *Les Illusions perdues*
Balzac, *Sarrasine*
Balzac, *Eugénie Grandet*
Balzac, *La Peau de chagrin*
Balzac, *Le Lys dans la vallée*
Barbery, *L'Elégance du hérisson*
Barbusse, *Le feu*
Baricco, *Soie*
Barjavel, *La Nuit des temps*
Barjavel, *Ravage*
Bauby, *Le scaphandre et le papillon*
Bauchau, *Antigone*
Bazin, *Vipère au poing*
Beaumarchais, *Le Barbier de Séville*
Beaumarchais, *Le Mariage de Figaro*
Beauvoir, *Le Deuxième sexe*
Beauvoir, *Mémoires d'une jeune fille rangée*
Beckett, *En attendant Godot*
Beckett, *Fin de partie*
Beigbeder, *Un roman français*
Benacquista, *La boîte noire et autres nouvelles*
Benacquista, *Malavita*
Bourdouxhe, *La femme de Gilles*
Bradbury, *Fahrenheit 451*
Breton, *L'Amour fou*
Breton, *Le Manifeste du Surréalisme*
Breton, *Nadja*
Brink, *Une saison blanche et sèche*

Brisville, *Le Souper*
Brönte, *Jane Eyre*
Brönte, *Les Hauts de Hurlevent*
Brown, *Da Vinci Code*
Buzzati, *Le chien qui a vu Dieu et autres nouvelles*
Buzzati, *Le veston ensorcelé*
Calvino, *Le Vicomte pourfendu*
Camus, *La Chute*
Camus, *Le Mythe de Sisyphe*
Camus, *Le Premier homme*
Camus, *Les Justes*
Camus, *L'Etranger*
Camus, *Caligula*
Camus, *La Peste*
Carrère, *D'autres vies que la mienne*
Carrère, *Le retour de Martin Guerre*
Carrière, *La controverse de Valladolid*
Carrol, *Alice au pays des merveilles*
Cassabois, *Le Récit de Gildamesh*
Céline, *Mort à crédit*
Céline, *Voyage au bout de la nuit*
Cendrars, *J'ai saigné*
Cendrars, *L'Or*
Cervantès, *Don Quichotte*
Césaire, *Les Armes miraculeuses*
Chanson de Roland
Char, *Feuillets d'Hypnos*
Chateaubriand, *Atala*
Chateaubriand, *Mémoires d'Outre-Tombe*
Chateaubriand, *René 25*
Chateaureynaud, *Le verger et autres nouvelles*
Chevalier, *La dame à la licorne*
Chevalier, *La jeune fille à la perle*
Chraïbi, *La Civilisation, ma Mère!...*
Chrétien de Troyes, *Lancelot ou le Chevalier de la Charrette*
Chrétien de Troyes, *Perceval ou le Roman du Graal*
Chrétien de Troyes, *Yvain ou le Chevalier au Lion*
Chrétien de Troyes, *Erec et Enide*
Christie, *Dix petits nègres*
Christie, *Nouvelles policières*
Claudel, *La petite fille de Monsieur Lihn*
Claudel, *Le rapport de Brodeck*
Claudel, *Les âmes grises*
Cocteau, *La Machine infernale*
Coelho, *L'Alchimiste*
Cohen, *Le Livre de ma mère*
Colette, *Dialogues de bêtes*
Conrad, *L'hôte secret*
Conroy, *Corps et âme*
Constant, *Adolphe*
Corneille, *Cinna*

Corneille, *Horace*
Corneille, *Le Menteur*
Corneille, *Le Cid*
Corneille, *L'Illusion comique*
Courteline, *Comédies*
Daeninckx, *Cannibale*
Dai Sijie, *Balzac et la Petite Tailleuse chinoise*
Dante, *L'Enfer*
Daudet, *Les Lettres de mon moulin*
De Gaulle, *Mémoires de guerre III. Le Salut. 1944-1946*
De Lery, *Voyage en terre de Brésil*
De Vigan, *No et moi*
Defoe, *Robinson Crusoé*
Del Castillo, *Tanguy*
Deutsch, *Les garçons*
Dickens, *Oliver Twist*
Diderot, *Jacques le fataliste*
Diderot, *Le Neveu de Rameau*
Diderot, *Paradoxe sur le comédien*
Diderot, *Supplément au voyage de Bougainville*
Dorgelès, *Les croix de bois*
Dostoïevski, *Crime et châtiment*
Dostoïevski, *L'Idiot*
Doyle, *Le Chien des Baskerville*
Doyle, *Le ruban moucheté*
Doyle, *Scandales en bohème et autres contes*
Dugain, *La chambre des officiers*
Dumas, *Le Comte de Monte Cristo*
Dumas, *Les Trois Mousquetaires*
Dumas, *Pauline*
Duras, *Le Ravissement de Lol V. Stein*
Duras, *L'Amant*
Duras, *Un barrage contre le Pacifique*
Eco, *Le Nom de la rose*
Enard, *Parlez-leur de batailles, de rois et d'éléphants*
Ernaux, *La Place*
Ernaux, *Une femme*
Fabliaux du Moyen Age
Farce de Maitre Pathelin
Faulkner, *Le bruit et la fureur*
Feydeau, *Feu la mère de Madame*
Feydeau, *On purge bébé*
Feydeau, *Par la fenêtre et autres pièces*
Fine, *Journal d'un chat assassin*
Flaubert, *Bouvard et Pecuchet*
Flaubert, *Madame Bovary*
Flaubert, *L'Education sentimentale*
Flaubert, *Salammbô*
Follett, *Les piliers de la terre*
Fournier, *Où on va papa?*
Fournier, *Le Grand Meaulnes*

Frank, *Le Journal d'Anne Frank*
Gary, *La Promesse de l'aube*
Gary, *La Vie devant soi*
Gary, *Les Cerfs-volants*
Gary, *Les Racines du ciel*
Gaudé, *Eldorado*
Gaudé, *La Mort du roi Tsongor*
Gaudé, *Le Soleil des Scorta*
Gautier, *La morte amoureuse*
Gautier, *Le capitaine Fracasse*
Gautier, *Le chevalier double*
Gautier, *Le pied de momie et autres contes*
Gavalda, *35 kilos d'espoir*
Gavalda, *Ensemble c'est tout*
Genet, *Journal d'un voleur*
Gide, *La Symphonie pastorale*
Gide, *Les Caves du Vatican*
Gide, *Les Faux-Monnayeurs*
Giono, *Le Chant du monde*
Giono, *Le Grand Troupeau*
Giono, *Le Hussard sur le toit*
Giono, *L'homme qui plantait des arbres*
Giono, *Les Âmes fortes*
Giono, *Un roi sans divertissement*
Giordano, *La solitude des nombres premiers*
Giraudoux, *Electre*
Giraudoux, *La guerre de Troie n'aura pas lieu*
Gogol, *Le Manteau*
Gogol, *Le Nez*
Golding, *Sa Majesté des Mouches*
Grimbert, *Un secret*
Grimm, *Contes*
Gripari, *Le Bourricot*
Guilleragues, *Lettres de la religieuse portugaise*
Gunzig, *Mort d'un parfait bilingue*
Harper Lee, *Ne tirez pas sur l'oiseau moqueur*
Hemingway, *Le Vieil Homme et la Mer*
Hessel, *Engagez-vous!*
Hessel, *Indignez-vous!*
Higgins, *Harold et Maud*
Higgins Clark, *La nuit du renard*
Homère, *L'Iliade*
Homère, *L'Odyssée*
Horowitz, *La Photo qui tue*
Horowitz, *L'Île du crâne*
Hosseini, *Les Cerfs-volants de Kaboul*
Houellebecq, *La Carte et le Territoire*
Hugo, *Claude Gueux*
Hugo, *Hernani*
Hugo, *Le Dernier Jour d'un condamné*
Hugo, *L'Homme qui Rit*
Hugo, *Notre-Dame de Paris*
Hugo, *Quatrevingt-Treize*
Hugo, *Les Misérables*
Hugo, *Ruy Blas*
Huston, *Lignes de faille*
Huxley, *Le meilleur des mondes*
Huysmans, *À rebours*
Huysmans, *Là-Bas*
Ionesco, *La cantatrice Chauve*
Ionesco, *La leçon*
Ionesco, *Le Roi se meurt*
Ionesco, *Rhinocéros*
Istrati, *Mes départs*

Jaccottet, *A la lumière d'hiver*
Japrisot, *Un long dimanche de fiançailles*
Jary, *Ubu Roi*
Joffo, *Un sac de billes*
Jonquet, *La vie de ma mère!*
Juliet, *Lambeaux*
Kadaré, *Qui a ramené Doruntine?*
Kafka, *La Métamorphose*
Kafka, *Le Château*
Kafka, *Le Procès*
Kafka, *Lettre au père*
Kerouac, *Sur la route*
Kessel, *Le Lion*
Khadra, *L'Attentat*
Koenig, *Nitocris, reine d'Egypte*
La Bruyère, *Les Caractères*
La Fayette, *La Princesse de Clèves*
La Fontaine, *Fables*
La Rochefoucauld, *Maximes*
Läckberg, *La Princesse des glaces*
Läckberg, *L'oiseau de mauvais augure*
Laclos, *Les Liaisons dangereuses*
Lamarche, *Le jour du chien*
Lampedusa, *Le Guépard*
Larsson, *Millenium I. Les hommes qui n'aimaient pas les femmes*
Laye, *L'enfant noir*
Le Clézio, *Désert*
Le Clézio, *Mondo*
Leblanc, *L'Aiguille creuse*
Leiris, *L'Âge d'homme*
Lemonnier, *Un mâle*
Leprince de Beaumont, *La Belle et la Bête*
Leroux, *Le Mystère de la Chambre Jaune*
Levi, *Si c'est un homme*
Levy, *Et si c'était vrai...*
Levy, *Les enfants de la liberté*
Levy, *L'étrange voyage de Monsieur Daldry*
Lewis, *Le Moine*
Lindgren, *Fifi Brindacier*
Littell, *Les Bienveillantes*
London, *Croc-Blanc*
London, *L'Appel de la forêt*
Maalouf, *Léon l'africain*
Maalouf, *Les échelles du levant*
Machiavel, *Le Prince*
Madame de Staël, *Corinne ou l'Italie*
Maeterlinck, *Pelléas et Mélisande*
Malraux, *La Condition humaine*
Malraux, *L'Espoir*
Mankell, *Les chausseurs italiennes*
Marivaux, *Les Acteurs de bonne foi*
Marivaux, *L'île des esclaves*
Marivaux, *La Dispute*
Marivaux, *La Double Inconstance*
Marivaux, *La Fausse Suivante*
Marivaux, *Le Jeu de l'amour et du hasard*
Marivaux, *Les Fausses Confidences*
Maupassant, *Boule de Suif*
Maupassant, *La maison Tellier*
Maupassant, *La morte et autres nouvelles fantastiques*
Maupassant, *La parure*
Maupassant, *La peur et autres contes fantastiques*
Maupassant, *Le Horla*
Maupassant, *Mademoiselle Perle et autres nouvelles*

Maupassant, *Toine et autres contes*
Maupassant, *Bel-Ami*
Maupassant, *Le papa de Simon*
Maupassant, *Pierre et Jean*
Maupassant, *Une vie*
Mauriac, *Le Mystère Frontenac*
Mauriac, *Le Noeud de vipères*
Mauriac, *Le Sagouin*
Mauriac, *Thérèse Desqueyroux*
Mazetti, *Le mec de la tombe d'à côté*
McCarthy, *La Route*
Mérimée, *Colomba*
Mérimée, *La Vénus d'Ille*
Mérimée, *Carmen*
Mérimée, *Les Âmes du purgatoire*
Mérimée, *Matéo Falcone*
Mérimée, *Tamango*
Merle, *La mort est mon métier*
Michaux, *Ecuador et un barbare en Asie*
Mille et une Nuits
Mishima, *Le pavillon d'or*
Modiano, *Lacombe Lucien*
Molière, *Amphitryon*
Molière, *L'Avare*
Molière, *Le Bourgeois gentilhomme*
Molière, *Le Malade imaginaire*
Molière, *Le Médecin volant*
Molière, *L'Ecole des femmes*
Molière, *Les Précieuses ridicules*
Molière, *L'Impromptu de Versailles*
Molière, *Dom Juan*
Molière, *Georges Dandin*
Molière, *Le Misanthrope*
Molière, *Le Tartuffe*
Molière, *Les Femmes savantes*
Molière, *Les Fourberies de Scapin*
Montaigne, *Essais*
Montesquieu, *L'Esprit des lois*
Montesquieu, *Lettres persanes*
More, *L'Utopie*
Morpurgo, *Le Roi Arthur*
Musset, *Confession d'un enfant du siècle*
Musset, *Fantasio*
Musset, *Il ne faut juger de rien*
Musset, *Les Caprices de Marianne*
Musset, *Lorenzaccio*
Musset, *On ne badine pas avec l'amour*
Musso, *La fille de papier*
Musso, *Que serais-je sans toi?*
Nabokov, *Lolita*
Ndiaye, *Trois femmes puissantes*
Nemirovsky, *Le Bal*
Nemirovsky, *Suite française*
Nerval, *Sylvie*
Nimier, *Les inséparables*
Nothomb, *Hygiène de l'assassin*
Nothomb, *Stupeur et tremblements*
Nothomb, *Une forme de vie*
N'Sondé, *Le coeur des enfants léopards*
Obaldia, *Innocentines*
Onfray, *Le corps de mon père, autobiographie de ma mère*
Orwell, *1984*
Orwell, *La Ferme des animaux*
Ovaldé, *Ce que je sais de Vera Candida*
Ovide, *Métamorphoses*
Oz, *Soudain dans la forêt profonde*

Pagnol, *Le château de ma mère*
Pagnol, *La gloire de mon père*
Pancol, *La valse lente des tortues*
Pancol, *Les écureuils de Central Park sont tristes le lundi*
Pancol, *Les yeux jaunes des crocodiles*
Pascal, *Pensées*
Péju, *La petite chartreuse*
Pennac, *Cabot-Caboche*
Pennac, *Au bonheur des ogres*
Pennac, *Chagrin d'école*
Pennac, *Kamo*
Pennac, *La fée carabine*
Perec, *W ou le souvenir d'Enfance*
Pergaud, *La guerre des boutons*
Perrault, *Contes*
Petit, *Fils de guerre*
Poe, *Double Assassinat dans la rue Morgue*
Poe, *La Chute de la maison Usher*
Poe, *La Lettre volée*
Poe, *Le chat noir et autres contes*
Poe, *Le scarabée d'or*
Poe, *Manuscrit trouvé dans une bouteille*
Polo, *Le Livre des merveilles*
Prévost, *Manon Lescaut*
Proust, *Du côté de chez Swann*
Proust, *Le Temps retrouvé*
Queffélec, *Les Noces barbares*
Queneau, *Les Fleurs bleues*
Queneau, *Pierrot mon ami*
Queneau, *Zazie dans le métro*
Quignard, *Tous les matins du monde*
Quint, *Effroyables jardins*
Rabelais, *Gargantua*
Rabelais, *Pantagruel*
Racine, *Andromaque*
Racine, *Bajazet*
Racine, *Bérénice*
Racine, *Britannicus*
Racine, *Iphigénie*
Racine, *Phèdre*
Radiguet, *Le diable au corps*
Rahimi, *Syngué sabour*
Ray, *Malpertuis*
Remarque, *A l'Ouest, rien de nouveau*
Renard, *Poil de carotte*
Reza, *Art*
Richter, *Mon ami Frédéric*
Rilke, *Lettres à un jeune poète*
Rodenbach, *Bruges-la-Morte*
Romains, *Knock*
Roman de Renart
Rostand, *Cyrano de Bergerac*
Rotrou, *Le Véritable Saint Genest*
Rousseau, *Du Contrat social*
Rousseau, *Emile ou de l'Education*
Rousseau, *Les Confessions*
Rousseau, *Les Rêveries du promeneur solitaire*
Rowling, *Harry Potter–La saga*
Rowling, *Harry Potter à l'école des sorciers*
Rowling, *Harry Potter et la Chambre des Secrets*
Rowling, *Harry Potter et la coupe de feu*
Rowling, *Harry Potter et le prisonnier d'Azkaban*
Rufin, *Rouge brésil*

Saint-Exupéry, *Le Petit Prince*
Saint-Exupéry, *Vol de nuit*
Saint-Simon, *Mémoires*
Salinger, *L'attrape-coeurs*
Sand, *Indiana*
Sand, *La Mare au diable*
Sarraute, *Enfance*
Sarraute, *Les Fruits d'Or*
Sartre, *La Nausée*
Sartre, *Les mains sales*
Sartre, *Les mouches*
Sartre, *Huis clos*
Sartre, *Les Mots*
Sartre, *L'existentialisme est un humanisme*
Sartre, *Qu'est-ce que la littérature?*
Schéhérazade et Aladin
Schlink, *Le Liseur*
Schmitt, *Odette Toutlemonde*
Schmitt, *Oscar et la dame rose*
Schmitt, *La Part de l'autre*
Schmitt, *Monsieur Ibrahim et les fleurs du Coran*
Semprun, *Le mort qu'il faut*
Semprun, *L'Ecriture ou la vie*
Sépulvéda, *Le Vieux qui lisait des romans d'amour*
Shaffer et Barrows, *Le Cercle littéraire des amateurs d'épluchures de patates*
Shakespeare, *Hamlet*
Shakespeare, *Le Songe d'une nuit d'été*
Shakespeare, *Macbeth*
Shakespeare, *Romeo et Juliette*
Shan Sa, *La Joueuse de go*
Shelley, *Frankenstein*
Simenon, *Le bourgmestre de Fume*
Simenon, *Le chien jaune*
Sinbad le marin
Sophocle, *Antigone*
Sophocle, *Œdipe Roi*
Steeman, *L'Assassin habite au 21*
Steinbeck, *La perle*
Steinbeck, *Les raisins de la colère*
Steinbeck, *Des souris et des hommes*
Stendhal, *Les Cenci*
Stendhal, *Vanina Vanini*
Stendhal, *La Chartreuse de Parme*
Stendhal, *Le Rouge et le Noir*
Stevenson, *L'Etrange cas du Docteur Jekyll et de M. Hyde*
Stevenson, *L'Île au trésor*
Süskind, *Le Parfum*
Szpilman, *Le Pianiste*
Taylor, *Inconnu à cette adresse*
Tirtiaux, *Le passeur de lumière*
Tolstoï, *Anna Karénine*
Tolstoï, *La Guerre et la paix*
Tournier, *Vendredi ou la vie sauvage*
Tournier, *Vendredi ou les limbes du pacifique*
Toussaint, *Fuir*
Tristan et Iseult
Troyat, *Aliocha*
Uhlman, *L'Ami retrouvé*
Ungerer, *Otto*
Vallès, *L'Enfant*
Vargas, *Dans les bois éternels*
Vargas, *Pars vite et reviens tard*
Vargas, *Un lieu incertain*

Verne, *Deux ans de vacances*
Verne, *Le Château des Carpathes*
Verne, *Le Tour du monde en 80 jours*
Verne, *Madame Zacharius, Aventures de la famille Raton*
Verne, *Michel Strogoff*
Verne, *Un hivernage dans les glaces*
Verne, *Voyage au centre de la terre*
Vian, *L'écume des jours*
Vigny, *Chatterton*
Virgile, *L'Enéide*
Voltaire, *Jeannot et Colin*
Voltaire, *Le monde comme il va*
Voltaire, *L'Ingénu*
Voltaire, *Zadig*
Voltaire, *Candide*
Voltaire, *Micromégas*
Wells, *La guerre des mondes*
Werber, *Les Fourmis*
Wilde, *Le Fantôme de Canterville*
Wilde, *Le Portrait de Dorian Gray*
Woolf, *Mrs Dalloway*
Yourcenar, *Comment Wang-Fô fut sauvé*
Yourcenar, *Mémoires d'Hadrien*
Zafón, *L'Ombre du vent*
Zola, *Au Bonheur des Dames*
Zola, *Germinal*
Zola, *Jacques Damour*
Zola, *La Bête Humaine*
Zola, *La Fortune des Rougon*
Zola, *La mort d'Olivier Bécaille et autres nouvelles*
Zola, *L'attaque du moulin et autre nouvelles*
Zola, *Madame Sourdis et autres nouvelles*
Zola, *Nana*
Zola, *Thérèse Raquin*
Zola, *La Curée*
Zola, *L'Assommoir*
Zweig, *La Confusion des sentiments*
Zweig, *Le Joueur d'échecs*

NOTES

lePetitLittéraire.fr

lePetitLittéraire.fr

Printed in Germany
by Amazon Distribution
GmbH, Leipzig